I0548567

EFFET DE LA FONTAINE SAINT-QUENTIN

ET

LÉGENDE

DE

L'ÉGLISE DE LA HAUT

SUIVIE

D'UNE NOTICE SUR LA FONTAINE SAINT-QUENTIN

SITUÉE DANS LES BOIS D'HOLNON

Par un PÈLERIN

PRIX : DIX CENTIMES

SAINT-QUENTIN

Imprimerie et Lithographie DE J. MOUREAU, rue de la Sous-Préfecture, 51

1865

AU PROFIT DE LA FONTAINE SAINT-QUENTIN.

LÉGENDE

DE

# L'ÉGLISE DE LA-HAUT,

SUIVIE

D'UNE NOTICE SUR LA FONTAINE SAINT-QUENTIN,

SITUÉE DANS LES BOIS D'HOLNON,

Par CH. POETTE.

SAINT-QUENTIN.

Imprimerie et Lithographie HOUDEQUIN et THIROUX, rue du Palais-de-Justice, 23.

1864.

POUR PARAITRE PROCHAINEMENT,

## AU PROFIT DE LA FONTAINE SAINT-QUENTIN :

Le vol du Ciboire à l'Eglise de Là-Haut. — L'interdiction de l'Eglise. — Le voleur et sa famille.

# AVANT-PROPOS.

En publiant la légende de l'église de Là-Haut, mon intention n'est pas d'entretenir et de propager des croyances superstitieuses qui ne sont plus de notre temps. Ce que je désire, c'est de contribuer, autant qu'il est en moi, à l'embellissement de la Fontaine Saint-Quentin, et de rappeler en même temps, aux habitants d'Holnon et à ceux des villages voisins, le souvenir de l'humble église qui, bâtie au milieu des bois, sur le petit monticule qui s'élève à quelques pas au sud de la Fontaine, fût, pendant plusieurs siècles, visitée par un grand nombre de pélerins venus des contrées les plus éloignées.

Je crois aussi que toutes les légendes, quel qu'en soit le caractère, méritent d'être recueillies et conservées, car c'est souvent par elles que des questions d'histoire générale ou locale sont éclaircies. Ce n'est pas que la légende de l'église de Là-Haut ait précisément un caractère historique, mais, outre qu'elle rappellera aux générations futures le souvenir de cette église, elle leur fera connaître, ainsi qu'à nous, la simplicité et la naïveté de la foi de nos pères, et, à ce dernier titre, elle me paraît encore devoir être conservée.

C'est donc uniquement pour les motifs que je viens d'indiquer, que je publie aujourd'hui cette légende, écrite déjà depuis quelques années.

On trouvera à la suite la Notice sur la Fontaine Saint-Quentin, que j'ai publiée dans le journal *le Courrier*, au mois de mai 1862.

Il existe, ce me semble, une étroite corrélation entre l'église de Là-Haut et la Fontaine Saint-Quentin. Je crois que ce ne fût pas seulement dans le but de placer cette église à égale distance d'Holnon et d'Attilly qu'on la construisit au milieu des bois, auprès de la Fontaine, mais surtout à cause de la grande vénération dont cette Fontaine était l'objet.

Je sais bien que quelques personnes disent que la Fontaine n'existe *peut-être* que depuis l'interdiction de l'église, mais c'est là une supposition toute gratuite que réfute non-seulement la tradition, mais encore un livre de compte dressé en 1663 par Claude Rohaut, curé d'Holnon. Je crois aussi que la légende de l'église de Là-Haut est aussi ancienne que celles de la Fontaine, et que ce n'est que par suite de l'altération que le temps apporte en toutes choses, que la date de celle-ci a été fixée en 1707, et qu'elle a pris le caractère religieux que j'ai décrit.

Les lieux que nous habitons attestent partout la présence des Gaulois et des Romains. Leurs mœurs, leurs usages, leurs croyances, leurs superstitions se révèlent encore de temps en temps parmi nous.

La pauvre niche qui recouvre, dans les bois d'Holnon, une grossière statue de saint Quentin, rappelle, pour le croyant, la présence du courageux apôtre qui vint, il y a seize siècles, prêcher le christianisme dans le Vermandois ; mais pour moi, l'origine de la Fontaine qui coulait autrefois en cet endroit se perd dans la nuit des temps, et ses légendes et les coutumes qui s'y rattachent encore aujourd'hui, me la montrent comme ayant été, avant l'arrivée des Romains, un des lieux les plus vénérés du druidisme dans nos contrées.

Un grand intérêt historique s'attache donc à la Fontaine Saint-Quentin. Le lieu où elle se trouve sera embelli, et une chapelle sera bientôt élevée à la place de la niche. Une somme de 460 francs est réalisée à cet effet ; mais cette somme est insuffisante, et c'est surtout dans le but de l'augmenter un peu que je publie cet opuscule. Puissent ceux qui s'intéressent à cette Fontaine l'accueillir favorablement.

Holnon, le 8 mars 1864.

# LÉGENDE

## DE

# L'ÉGLISE DE LA-HAUT.

Vers la fin du mois de novembre de l'année 1707, un habitant d'Holnon revenait, vers minuit, du village d'Attilly et traversait les bois au milieu d'un silence et d'une obscurité capables d'effrayer l'âme la plus ferme et la mieux résolue. Mais celui qui traversait ainsi ces bois à pareille heure était un homme d'un courage et d'une fermeté rares, et qui, à part les mœurs, ressemblait assez à ces fiers Gaulois qui ne craignaient que la chute du ciel. Aussi cheminait-il tranquillement à travers les allées tortueuses du bois, s'accrochant tantôt à quelque branche qui pendait sur le bord de l'allée, et qui parfois jetait son bonnet de coton bleu à terre et le forçait à se baisser pour chercher la place où il était tombé, tantôt à quelques ronces qui pénétraient dans les chairs de ses jambes et l'obligeaient à s'arrêter de nouveau pour les écarter le plus doucement possible. Il arriva ainsi jusqu'aux arbres de l'Epée, sans que ces obstacles, ni la sombre obscurité de la nuit aient pu le troubler un seul instant. Mais tout-à-coup, il se rappela qu'il devait passer au seuil de l'Eglise abandonnée de Là-Haut, et qu'il devait côtoyer le champ funèbre où reposaient bien des êtres qu'il avait connus et aimés; il songea à l'interdiction qui, un an auparavant, avait été prononcée contre cette église par l'évêque de Noyon et à l'anathème terrible lancé par cet évêque contre l'impie qui, à la même époque, avait profané la maison de Dieu. Alors son âme fut toute contristée, son cœur s'abandonna à la douleur, et il s'avança avec crainte dans le chemin qui conduisait à l'église.

Cet homme, simple et bonnête laboureur, vivait aisément avec sa famille du produit de son travail; il ne désirait point la fortune et ne la cherchait par aucun moyen. Elevé par sa mère dans les sentiments les plus religieux, il avait une foi vive et profonde et ne manquait jamais d'assister aux offices de l'Eglise. Il avait été enfant de chœur dans sa jeunesse, et connaissait parfaitement l'ordinaire de la messe et toutes les prières de l'Eglise. Avant d'arriver au cimetière, il se mit à réciter à voix haute le *De Profundis* à l'intention des âmes en peine dont les corps reposaient dans le cimetière près duquel il allait passer. Au moment où il prononçait les mots : *Et ipse redimet Israël ex omnibus iniquitatibus ejus* (1), il se trouva en face de la porte de l'Eglise. Elle était ouverte ; il leva les yeux et vit une pâle lueur qui, s'échappant du sanctuaire, se réflétait jusque sur les feuilles jaunies des arbres. Il fut saisi d'effroi. Au même moment, il entendit une voix grave et mystérieuse qui disait : « Y a-t-il quelqu'un ici pour m'aider à offrir le saint sacrifice de la messe?... » Le voyageur nocturne fut tout consterné, son âme fut saisie d'épouvante, il tomba à genoux, pria le ciel de lui venir en aide et ne répondit point. La même voix se fit entendre de nouveau, et le même silence accueillit la même demande. On entendait des sanglots dans l'intérieur de l'Eglise ; des soupirs entrecoupés semblaient s'échapper d'une poitrine haletante et comme oppressée sous le poids du plus profond accablement ; on entendait retentir le pas d'une personne qui semblait aller et venir d'un côté à l'autre de l'autel. Ce bruit de pas se mêlait à des gémissements si plaintifs qu'ils semblaient n'avoir rien de commun avec aucune voix souffrante qui ait jamais été entendue sous la voûte du ciel. Il semblait que cette personne était chargée de chaînes, tant ses pas étaient lents et saccadés. Tout-à-coup, le bruit qui retentissait dans l'enceinte vénérée cessa ; la voix se fit encore entendre et prononça ces paroles : « Voilà, » s'écria-t-elle, avec l'accent du plus profond désespoir, voilà la » 365e fois que je quitte le lieu d'expiation pour venir dans ce » temple désert, afin de célébrer la sainte messe pour le » repos de l'âme d'une de mes paroissiennes, décédée six ans » avant moi et qui souffre dans le Purgatoire pour quelques » fautes que cette messe aurait rachetées, laquelle m'a été com- » mandée et payée deux ans après sa mort, et dont le fatal oubli » et quelques fautes que j'ai commises m'ont conduit dans le lieu » de peines que je viens de quitter et où je vais encore retourner. » La voix se tut et les sanglots recommencèrent. Le laboureur était toujours prosterné à la porte de l'Eglise, la face contre terre. Il tremblait, le frisson s'était emparé de tout son être : il n'osait remuer ni prononcer une seule parole. « Oh ! mon Dieu, reprit la voix mystérieuse du sanctuaire, il me faut encore retourner dans ce lieu de tourments ! Y a-t-il, s'écria-t-elle, y a-t-il quelqu'un dans ces lieux qui puisse m'aider à offrir le saint sacrifice de la messe ?

(1) Et lui-même rachetera Israël de toutes ses iniquités.

» — Oui, répondit d'une voix timide le tremblant et craintif voyageur ; oui, je puis vous aider.

» — Oh ! mortel, reprit aussitôt la voix, c'est le ciel qui t'envoie. Qui que tu sois, ne crains rien, Dieu te protège, avance jusqu'aux pieds de l'autel. »

Le laboureur se releva, entra dans l'Eglise, et s'avança vers l'autel.....

Un prêtre, revêtu des ornements sacerdotaux, s'y trouvait dans l'attitude de la plus profonde humilité. Tout était disposé pour la célébration du saint sacrifice : le calice était placé dans le milieu de l'autel avec le pain eucharistique ; d'un côté se trouvait le livre des évangiles, et de l'autre, l'eau et le vin; deux cierges posés, sur deux chandeliers de bois, répandaient leur pâle clarté autour de l'autel.

Le voyageur arriva auprès du prêtre ; celui-ci fit le signe de la Croix et récita l'*Introït* de la messe, et le servant dit les *répons.* Tout se passa dans l'ordre accoutumé pour la célébration du saint sacrifice. Une seule remarque fut faite par le servant, mais il ne s'y arrêta point; ce fut au moment où le prêtre recommande à Dieu les âmes des morts : il entendit le célébrant élever la voix et prononcer distinctement le nom de Marie-Madeleine. Ce nom rappela au laboureur celui de sa mère. Il versa une larme d'attendrissement à son souvenir et il unit sa mémoire à ses prières et à celles du prêtre . . . . . . . . . . . .

. . . . . . . . . . . . . . .

Le prêtre avait prononcé le *Requiescat in pace*; la messe était terminée, il tourna le dos à l'autel, et s'adressant au servant, il s'exprima ainsi :

« O mortel ! en m'aidant à célébrer le saint sacrifice de la messe,
» tu m'as rendu le plus grand des services, car tu m'as ouvert
» les portes du Paradis ; j'intercèderai pour toi auprès de Dieu.
» Mais avant de te quitter, écoute moi un instant : J'ai desservi
» cette Eglise pendant plusieurs années ; la mort m'a frappé il y a
» vingt ans; aussitôt que mon âme fut séparée de mon corps, je
» comparus devant le souverain juge qui m'envoya dans le Purga-
» toire pour y expier certaines fautes que j'avais commises pen-
» dant ma vie. Quatre ans avant ma mort, une messe m'avait été
» commandée pour l'une de mes paroissiennes et je mourus sans
» l'avoir dite ; je l'avais oubliée ! Je retrouvai cette paroissienne
» parmi les âmes du purgatoire ; elle m'adressa de vifs reproches
» et m'accusa d'être la cause du prolongement de ses souffrances.
» Je ne pouvais supporter sa vue, tant elle paraissait courroucée
» contre moi; je versais continuellement des larmes amères qui
» ne servaient qu'à augmenter mes peines ! Il y a juste un an au-
» jourd'hui que, sans l'oubli de cette messe, cette femme et moi
» serions entrés dans le séjour des élus. Depuis ce moment, il me

» fut permis de venir tous les jours à minuit dans ce lieu, dans
» cette Eglise interdite par une sentence épiscopale ; — car je ne
» pouvais aller dans aucune autre, — pour réparer ma faute en
» offrant le saint sacrifice de la messe pour le repos de l'âme de
» ma paroissienne, mais il fallait que je trouvasse quelqu'un pour
» m'aider dans l'accomplissement de ce saint devoir. C'était en
» vain que j'appelais à mon secours : mes soupirs, mes gémisse-
» ments n'étaient point entendus ; le silence de la nuit répondait
» seul à mes plaintes. Le ciel t'a conduit dans ces lieux pour me
» servir et mettre un terme à mes tourments ! Que le saint nom
» de Dieu soit béni, loué et adoré ! Je vais enfin recevoir la cou-
» ronne qui m'est réservée ; je vais m'asseoir au milieu des justes
» et des élus ; je vais jouir de la félicité éternelle ! Et toi, homme
» vertueux qui toujours as suivi les maximes de notre sainte reli-
» gion, toi qui accomplis la loi que le divin Sauveur a apportée
» aux hommes, que les bénédictions du Ciel descendent sur toi,
» afin qu'au moment de ta mort tu entres dans le céleste séjour où
» je vais t'attendre et prier pour toi. »

Il dit, et le laboureur, qui avait tenu les yeux constamment
baissés, leva la tête et regarda le prêtre. Mais des rayons lumineux
s'échappaient de sa face, une auréole entourait sa tête et ne per-
mettait pas de distinguer ses traits. Le laboureur se prosterna de
nouveau et retomba la face contre terre. Au même instant, il entendit les pas d'une personne qui s'approchait de l'autel, et une
voix de femme prononça ces mots : « Mon fils, tu nous retrouveras
en paradis ! » Puis cette voix s'unit à celle du prêtre, et ils enton-
nèrent ensemble le *Gloria in excelsis*. . . . . . . . .

Les voix cessèrent, les cierges s'éteignirent, tout rentra dans le
silence et l'obscurité de la nuit, et le témoin de cet événement
extraordinaire resta en prières au pied de l'autel jusqu'au moment
où l'aurore annonça la venue du jour.

## II.

L'aube remplaça la nuit et sa douce lumière éclaira l'intérieur
de l'église de Là-Haut. L'autel était nu : le calice, le livre des
Evangiles, les chandeliers et tout ce qui avait servi à célébrer la
messe avaient disparu ; il ne restait dans l'Eglise que les traces d'un
isolement et d'un abandon qui présageaient une ruine prochaine.
Le laboureur, l'âme encore toute bouleversée par les émotions qu'il
avait éprouvées pendant cette nuit terrible et qui devait laisser
dans sa mémoire des souvenirs ineffaçables, se leva et se disposa
à partir ; mais avant de s'éloigner, il voulut jeter un dernier regard
dans l'intérieur de l'humble et modeste enceinte qui l'avait reçu en
sortant du sein de sa mère, pour le purifier dans les eaux saintes du

baptême, où il avait assisté tant de fois à la sainte messe et appris les grandes vérités de la religion chrétienne ; où il s'était nourri pour la première fois du pain eucharistique et où le prêtre avait béni son union avec la compagne chérié qui, plongée dans la plus grande inquiétude, l'attendait à son foyer.

Certes, cette église, couverte en chaume et bâtie au milieu des bois, n'avait jamais brillé par le luxe ; mais elle présentait alors un aspect d'une si effrayante nudité, que le cœur du laboureur en fut tout attendri : la toiture, presque entièrement délabrée, laissait tomber la pluie sur le plafond qui s'effondrait en plusieurs endroits ; les carreaux des quelques fenêtres qui éclairaient cette pieuse enceinte étaient brisés et laissaient entrer dans l'église tout ce que le vent chassait dans l'air ; les feuilles mortes des arbres jonchaient de leurs débris la place où les fidèles s'étaient agenouillés pour prier ; les murs blanchis à la chaux et essuyés autrefois par une main pieuse, laissaient voir, çà et là, à la place où l'eau avait coulé, une teinte verdâtre, revêtue de moisissure ; la croix était retirée du sanctuaire, les images des saints, la statue vénérée du patron de la paroisse étaient enlevées ; la cloche était descendue du clocher et transportée à Attilly ; les araignées avaient tendu leurs fils partout ; en un mot, la maison de Dieu présentait l'aspect du plus complet abandon. Le laboureur s'éloigna les larmes aux yeux.

## III.

L'aurore avait dissipé les nuages qui assombrissaient la voûte du ciel, et le soleil, en se levant, apparaissait à l'horizon comme un globe de feu et présentait le plus magnifique spectacle que l'œil de l'homme puisse jamais contempler. Une brise légère soufflait à travers les arbres et chassait au milieu de la plaine les quelques feuilles restées au sommet des chênes ; une nuée de corbeaux planait dans les airs et faisait entendre des croassements prolongés ; quelques femmes, suivies de leurs enfants, dirigeaient leurs pas vers les bois pour ramasser les branches mortes tombées des arbres, afin de pouvoir chauffer leur pauvre foyer ; un vieillard, portant une coignée sur l'épaule et tenant d'une main un bâton sur lequel il semblait reposer le fardeau de ses années, s'avançait aussi à pas lents vers le bois ; dans le chemin qui conduit à Etreillers, une voiture traînée par deux chevaux et conduite par un jeune homme d'une vingtaine d'années, allait déposer, dans un champ voisin, le fumier dont elle était chargée ; sur les hauteurs des *Bruly*, à quelque distance de la vallée de l'église, là où se trouve maintenant la sablière de M. Aimé Satizelle, une jeune fille de 16 à 18 ans chantait une de ces romances aux accents mélancoliques qui peignent si bien la douleur de l'amante désolée de l'inconstance de celui qu'elle aime ; de côté et d'autre, quelques petits oiseaux voltigeaient, silencieux, au milieu des airs; le vent agitait doucement à la surface de la terre les moissons naissantes; le ciel était pur, l'air tiède comme pendant un des plus beaux jours de l'été, et si l'on n'eût entendu dans la plaine le chant de l'alouette, si l'on n'eût point aperçu au milieu des champs les sillons tracés par la charrue du laboureur, si les arbres n'eussent point été dépouillés de leurs feuilles, si l'herbe qui croissait sur le bord des chemins n'eût point été flétrie et desséchée, si l'on eût encore entendu le bourdonnement de l'abeille et le bruissement de l'insecte; en un mot, si la nature ne se fût point revêtue de ses vêtements de deuil, on aurait pu se croire au retour du printemps. Mais ni le lever radieux du soleil, ni la chute des feuilles, ni la femme et les enfants allant au bois, ni le vieillard courbé sous le poids des années, ni la voix plaintive de la jeune fille, rien enfin de ce qui se passait dans l'horizon que pouvaient embrasser les regards du laboureur, rien de tout cela n'était capable de distraire son esprit, tant il était préoccupé par tout ce qu'il avait vu et entendu à l'église de Là-Haut pendant la nuit qui venait de s'écouler. Il marchait les yeux baissés, tantôt à pas précipités, tantôt à pas lents, et relevant parfois la tête pour jeter autour de lui des regards effarés.

## IV.

Les coups redoublés des fléaux des batteurs retentissaient sur l'aire de la grange et faisaient jaillir le grain de blé hors de l'épi; les coqs chantaient dans les cours des fermes du village; les ménagères rapportaient dans de grands pots de terre jaune le lait que les vaches leur donnaient en abondance; les pauvres du village se rendaient au manoir seigneurial pour recevoir leur aumône journalière, consistant en un morceau de pain destiné pour leur déjeuner; le maréchal frappait à coups multipliés le morceau de fer rouge qu'il tenait sur son enclume; la cloche de la chapelle seigneuriale tintait le premier coup de la messe et annonçait au châtelain que l'heure de son lever était venue: en un mot, chacun allait et venait comme hier et aujourd'hui, et le laboureur qui avait passé la nuit dans l'église de Là-Haut n'était point encore arrivé à sa maison. Il avait suivi des sentiers détournés pour ne rencontrer personne et n'être point distrait de ses pensées. Il côtoya les haies, passa par-dessus celle de son jardin et arriva à la porte de sa maison.

En ce moment, sa femme se disposait à partir pour Attilly, afin de s'informer des causes qui retardaient son retour au domicile conjugal. Il ouvrit la porte, ses yeux rencontrèrent ceux de son épouse bien-aimée, et il pleura.

Alors même que des larmes ne se seraient point échappées des yeux du laboureur, il aurait été bien facile, en voyant ses traits contractés, de reconnaître qu'une profonde émotion l'accablait. Sa fidèle compagne le reçut dans ses bras, s'informa des motifs de sa douleur et pleura avec lui.

Le fier laboureur était abattu et ne trouvait point une parole pour répondre. Enfin, il se calma, et s'asseyant auprès du feu, il raconta à sa femme tout ce dont il avait été témoin pendant la nuit qui venait de s'écouler. Elle l'écouta avec la plus grande attention, et ne trahit l'émotion que lui causait ce récit qu'en apprenant que le prêtre, au moment où il recommande à Dieu les âmes des morts, avait prononcé les noms de Marie-Madeleine, et lorsqu'elle apprit qu'une voix de femme s'était unie à celle du prêtre pour entonner le *Gloria in excelsis*, et aussi, lorsque son mari lui raconta qu'au moment où les cierges s'éteignirent, cette voix avait prononcé distinctement ces mots : « Mon fils, tu nous retrouveras en Paradis. »

La douce chaleur du foyer avait procuré le sommeil au laboureur, ses yeux se fermaient à chaque instant comme ceux d'une personne accablée par de longues veillées. Son épouse l'engagea à aller se reposer sur la couche où elle-même avait reposé la nuit sans fermer les yeux, tant l'absence de son mari lui avait causé d'inquiétudes. Le laboureur accéda au désir de celle qu'il aimait comme l'âme de son âme, comme la joie, l'espérance et la lumière de sa vie.

L'épouse du laboureur était une de ces femmes au noble cœur, qui ne s'écartent jamais de la voie de l'honneur. Elle avait une piété profonde, une foi vive et ardente et accomplissait avec une rigoureuse exactitude tout ce que prescrit la sainte religion dans laquelle elle avait été élevée. Douée d'une sensibilité extrême, les malheurs de ses semblables lui arrachaient toujours des larmes; aussi était-elle vénérée comme une sainte dans le village. Les pauvres surtout ne parlaient d'elle qu'avec le plus profond respect; ils l'appelaient la bonne et sainte femme. C'est qu'en effet, cette femme semblait une exception parmi les femmes: jamais un mot de médisance n'était sorti de sa bouche, jamais elle n'avait eu pour les malheureux une seule parole de mépris; elle ne s'enorgueillissait pas de sa position aisée, car elle savait que la naissance, comme la fortune, sont deux aveugles qui s'arrêtent dans leur route sans choisir ni lieu ni place, et distribuent leurs dons au hasard. Et puis, elle était bonne pour les pauvres, elle n'en rebutait jamais un; elle leur donnait son pain, les réchauffait à son foyer, et souvent même les couvrait de ses vêtements.

Lorsque le mari de cette noble et digne femme eut pris un peu de repos, il alla dans sept ou huit maisons du village trouver quelques amis, recommandables par leur piété et leur savoir, et les engagea à venir passer la veillée chez lui. Pas un n'y manqua.

## V.

La nuit étendait son vaste manteau sur la nature ; la planète Jupiter brillait d'un éclat lumineux à l'horizon et était accompagnée dans sa marche ascendante par le groupe des Pléiades ; la grande Ourse montrait au nord ses sept étoiles sur un ciel sans nuages ; la voie lactée s'étendait de l'est au sud et montrait à l'œil attentif qui la considérait ces myriades d'étoiles qui sont des mondes plus volumineux, peut-être, que celui que nous habitons et qui annoncent la puissance de celui qui les a semés ainsi dans l'espace ; en un mot, tout, dans le ciel, indiquait une nuit d'automne, une de ces longues nuits pendant lesquelles l'habitant des campagnes se remet des fatigues qu'il a éprouvées pendant les longs jours de l'été.

Le frugal souper des villageois étant terminé, les invités se rendirent au lieu où ils étaient conviés pour la veillée. Au fur et à mesure qu'ils arrivaient, ils se plaçaient autour de l'âtre de la cheminée, où un feu pétillant communiquait une douce chaleur aux hôtes de la maison. Lorsqu'ils furent tous réunis, le laboureur leur dit qu'il les avait appelés pour leur faire part d'un événement extraordinaire dont il avait été témoin pendant la nuit qui venait de s'écouler. Mais à peine avait-il commencé de parler, qu'une profonde émotion s'empara de lui, et qu'il fut contraint de s'arrêter. Il se remit bientôt et reprit en ces termes :

« Mes amis, l'émotion que j'éprouve encore en ce moment, en songeant aux choses mystérieuses dont j'ai été témoin la nuit dernière, ne doit pas être pour vous un sujet de crainte ; rassurez-vous, au contraire, et écoutez avec attention le récit que je vais vous faire. » Alors le laboureur leur fit part de son voyage à Attilly ; il leur dit pourquoi il fut retenu si tard dans ce village et l'heure à laquelle il partit pour retourner à Holnon ; il leur dit aussi combien de fois, lorsqu'il fut entré dans le bois, sa coiffure avait été accrochée et jetée à terre par les branches ; combien de fois les ronces avaient meurtri ses jambes et l'avaient obligé de s'arrêter pour les retirer, l'effroi dont il avait été saisi en arrivant aux arbres de l'Epée, l'idée qu'il lui vint de réciter le *De Profondis* pour le repos de l'âme de ceux qui souffraient dans le Purgatoire et dont les corps reposaient dans le cimetière de l'église de Là-Haut ; puis il fit le récit de ce qu'il avait vu et entendu dans cette église.

## VI.

Le laboureur avait parlé ; le feu ne flamboyait plus dans l'âtre de la cheminée ; un morne silence régnait parmi l'auditoire ; tous les regards étaient baissés et les physionomies portaient l'empreinte d'une profonde émotion. La femme du laboureur se leva et, s'adressant au plus âgé des auditeurs, elle lui dit : « Eh bien, père Charles, que pensez-vous de choses si mystérieuses ? quel peut être ce prêtre ? et cette femme ne serait-elle point la mère de mon mari ?.... »

Le vieillard passa la main sur son front chenu, où les rides tracées par soixante-seize hivers s'étaient profondément incrustées, et dit en s'adressant au laboureur : « Oui, cette femme est ta mère, et ce prêtre est....., car je me rappelle que ton père m'a dit plusieurs fois, avant sa mort, qu'il avait commandé une messe pour le repos de son âme, et qu'il croyait que le prêtre avait oublié de la dire. »

Le vieillard se rappela encore d'autres circonstances qui indiquaient suffisamment que cette femme était bien la mère du laboureur. Ses dires furent confirmés par ceux des autres auditeurs et par les souvenirs du laboureur.

Quant aux obstacles du chemin, on vit là une main invisible et mystérieuse qui retardait exprès la marche du laboureur, afin qu'il n'eût point dépassé l'église quand le prêtre s'y trouverait.

Ainsi, par ses prières, ce laboureur a ouvert les portes du ciel à sa mère et à un prêtre.

On devisa encore sur cet événement jusqu'au moment ou l'heure avancée fit un devoir à chacun de se retirer. En rentrant à son logis, chacun des invités à la veillée fit part à sa femme et à ses enfants de ce qu'il avait entendu de la bouche du laboureur ; et ce récit, connu bientôt de tous les habitants du village, s'est transmis jusqu'à nos jours. Aujourd'hui encore, les mères et les vieillards racontent, pendant les veillées de l'hiver, à l'enfance curieuse, ce mystérieux événement.

---

Le dimanche suivant, par un temps froid et sombre, presque tous les habitants du village d'Holnon allèrent au cimetière de l'église de Là-Haut prier sur les tombes de leurs parents et de leurs amis. En passant auprès de la porte de l'église, ils s'agenouillèrent, firent le signe de la croix et récitèrent le *Pater* et l'*Ave Maria*.

## VII.

Bientôt il ne devait plus rester de l'église de Là-Haut qu'un souvenir ; elle devait être détruite entièrement, et ses matériaux et ses pierres tumulaires, vendus seulement en 1790, pour la somme de 184 livres 4 sols, être employés à la construction de quelque partie de maison du village d'Holnon.

Depuis plusieurs années, les ronces et les épines croissent là où des générations entières se sont agenouillées et ont chanté les louanges de Dieu, et le rossignol et la fauvette font leurs nids à la place où le prêtre a prononcé les paroles sacramentelles de la consécration, et où il a entonné le *Gloria in excelsis*, le *Te Deum*, le *Libera me* et le *Dies irae*.

———

Le dimanche, 22e jour du mois de novembre de l'année dernière, je suis allé visiter encore une fois l'emplacement de l'église de Là-Haut. La place où elle était bâtie se remarque encore très facilement. Les fondements ne sont pas entièrement comblés, et l'on ne voit point à cette place, ces chênes séculaires qui s'élèvent aux alentours. Les quelques arbres rabougris qui croissent sur ce petit monticule, qui, par un côté, se dessine sous une forme circulaire, disent assez que ce lieu n'a point toujours été planté de bois. Je me suis arrêté en cet endroit pendant quelques instants et ma pensée s'est reportée, avec douleur, vers ces temps éloignés où ceux qui m'ont précédé dans la vie venaient, animés d'une foi vive et ardente, prier à l'endroit même où j'étais arrêté. J'aurais voulu pouvoir évoquer le passé et faire apparaître devant moi les ombres de ceux dont les corps étaient pulvérisés, à quelques pas de moi, dans le sein de la terre. Mais il n'en pouvait être ainsi, car comme l'a dit un grand poète :

> Rien ne reste de nous, notre œuvre est un problème,
> L'homme, fantôme errant, passe sans laisser même
> Son ombre sur le mur !

Je trouvai encore dans ce lieu quelques morceaux de pierres et de briques et sur l'un d'eux, je gravai mon nom et m'éloignai.

# NOTICE

# LA FONTAINE SAINT-QUENTIN,

## SITUÉE DANS LES BOIS D'HOLNON.

Nos pères, les anciens Gaulois, avaient pour les fontaines une grande vénération. Comme la plupart des peuples primitifs, ils les croyaient habitées par quelques-uns des génies qui présidaient aux destinées de l'univers. Aussi l'histoire rapporte-t-elle que quelques-unes des étangs formés par l'eau qui s'échappait de ces fontaines étaient, pour eux, des étangs sacrés dans lesquels ils déposaient des lingots d'or et d'argent et d'autres offrandes de grand prix.

Les cérémonies du druidisme étaient essentiellement mystérieuses, et c'était toujours au milieu des forêts qu'était placé le sanctuaire de cette religion. On choisissait toujours l'endroit le plus obscur; mais quand cet endroit était marqué d'un signe annonçant la présence d'une des divinités de la Gaule, il était choisi de préférence et sa renommée s'étendait bien souvent au-delà des limites de la tribu. A certaines époques de l'année, notamment lors des principales cérémonies religieuses, les populations s'y rendaient en foule et chaque famille emportait dans une amphore ou dans tout autre vase l'eau puisée à la source sacrée. Cette eau avait alors les mêmes vertus curatives que l'eau de la plupart des fontaines d'aujourd'hui.

Après la conquête, la politique romaine tenta vainement de détruire ces pratiques du druidisme; elles subsistaient encore au moment où le christianisme pénétra dans les Gaules. Les prêtres eux-mêmes furent obligés de transiger avec elles; ils transformèrent le culte des fontaines et le sanctifièrent en le plaçant sous l'invocation d'un saint.

Ainsi s'explique l'origine de la fontaine Saint-Quentin , située dans les bois d'Holnon , et la vénération dont elle est l'objet depuis un temps immémorial.

Depuis longtemps, le souvenir du druidisme est effacé de ces lieux et les ombres des bardes et des druides ne viennent plus sous les chênes que n'a point respecté la hache du bûcheron.

L'explication que nous venons de donner n'est pas celle de la légende.

On raconte, dans le village d'Holnon et dans ceux d'alentour, que, vers l'an 302, saint Quentin, étant venu prêcher le christianisme dans nos contrées, fut arrêté à Amiens par ordre de Rictiovare et amené dans une prison qui se trouvait sur les bords de l'Aumignon, à l'endroit où s'élève aujourd'hui la fabrique de sucre de M. Ch. Mauduit, de Marteville. On ajoute qu'après quelques jours de détention, Rictiovare, qui séjournait dans un château situé tout près du village d'Holnon, au lieudit l'*Ardenn*, fit amener devant lui le courageux apôtre, pour l'interroger et chercher à le séduire par toutes sortes de promesses, mais que St-Quentin ayant été inflexible, fut reconduit dans sa prison, d'où il s'échappa bientôt pour se réfugier dans les bois d'Holnon, où il erra pendant plusieurs jours. On dit que, las de marcher au milieu des ronces et des broussailles, et accablé de soif, il se reposa à l'endroit où se trouve aujourd'hui la Fontaine, et qu'il pria Dieu de lui donner de quoi rafraîchir ses lèvres brûlantes. A la prière du saint, une fontaine aurait jailli à son côté, et il aurait pu se désaltérer. Arrêté ensuite par les soldats de Rictiovare, il fut reconduit dans sa prison de Marteville où il subit différents tourments, après quoi il fut amené sur les bords de la Somme dans la ville d'Auguste, où il eut la tête tranchée.

Depuis longtemps la source est tarie; mais on y trouve une fosse presque toujours remplie d'une eau trouble qui a conservé les mêmes propriétés curatives que la fontaine avait au temps des Gaulois.

Nous ne dirons rien de ces génies apparaissant la nuit en cet endroit, sous la forme de flamme, et protégeant le voyageur, ou le conduisant dans des précipices, selon que sa vie était bonne ou mauvaise. Nous ne parlerons pas non plus des nombreuses guérisons miraculeuses opérées par cette fontaine, ni de la mort subite dont furent frappés ses profanateurs.

Au 17e siècle, on venait encore en pélerinage à la fontaine St-Quentin, des contrées les plus éloignées. La niche et la statue qu'on y voit aujourd'hui ne s'y trouvaient pas alors ; il n'y avait que la fosse, entourée d'une infinité de petites croix de bois. Les pélerins déposaient leur offrande dans l'eau. A la fin du siècle dernier, on trouva, en creusant cette fosse, une grande quantité de monnaies de cuivre de différentes époques.

Que signifient ces offrandes jetées dans l'eau? N'y a-t-il point là comme une réminiscence du passé? Cet usage ne remonte-t-il pas au temps où les Gaulois, assemblés autour des étangs sacrés, déposaient aussi leurs offrandes dans l'eau, afin d'être agréables à la divinité à laquelle ces étangs étaient consacrés? Enfin n'y a-t-il pas une certaine analogie entre cet usage et celui que pratiquaient si souvent encore les Gaulois, en jetant des lettres et des pièces de monnaie dans les bûchers qui dévoraient les victimes volontaires, pour que ces victimes les remissent aux parents, aux amis ou aux créanciers partis pour aller *ailleurs.*

La fête de Saint-Quentin tombe le 31 octobre, mais cette circonstance explique-t-elle la coutume qui existait autrefois dans toutes les communes environnantes, de venir, le 1er novembre, dès trois ou quatre heures du matin, en pèlerinage à la fontaine? Des vieillards assurent avoir entendu raconter qu'en des temps éloignés on passait la nuit en cet endroit, qu'on y allumait un grand feu et que chacun en emportait un peu pour allumer la lampe de la maison. La nuit suivante, on allumait un grand nombre de cierges à l'église qui se trouvait alors à quelques pas de la fontaine, et la cloche sonnait le glas des morts. A minuit, on éteignait les cierges et la cloche cessait ses lugubres accents. Aussitôt, les sonneurs quittaient l'église, et munis d'une lanterne et d'une sonnette, ils allaient dans les villages voisins frapper à chaque porte, et crier, en agitant leur sonnette : *Réveillez-vous, gens qui dormez, et priez Dieu pour les fidèles trépassés !* (1) Puis ils rentraient à l'église, rallumaient les cierges et recommençaient à sonner la cloche jusqu'au moment où l'aube apparaissait à l'horizon.

Nous nous trompons peut-être, mais nous croyons voir dans ces coutumes disparues comme une antique commémoration des cérémonies religieuses qui avaient lieu cette nuit-là chez les Gaulois. On sait en effet, que, la nuit du 1er novembre, les Gaulois allumaient de grands feux pour célébrer la fête de la nuit et de l'hiver. Cette nuit-là, dit un historien, les druides se rassemblaient autour du *père-feu*, gardé par un pontife-forgeron, et l'éteignaient. A ce signal, de proche en proche, s'éteignaient tous les autres feux; partout régnait un silence de mort; la nature entière semblait plongée dans une nuit primitive. Tout-à-coup le feu jaillissait de nouveau et des cris d'allégresse éclataient de toutes parts; la flamme, empruntée au *père-feu*, courait de foyer en foyer et ranimait partout la vie. — Selon les croyances druidiques, c'était aussi pendant cette même nuit du 1er novembre, que Samhan, le juge des morts, s'asseyait sur son tribunal pour juger les âmes trépassées dans l'année.

(1) Cette dernière coutume existe encore à Holnon.

Nous ne croyons pas devoir insister pour montrer l'analogie qui existe entre les paroles de l'historien et les coutumes que nous venons de rappeler.

Aujourd'hui on n'allume plus de feu à la Fontaine Saint-Quentin pendant la nuit du 1er novembre, mais on le remplace par des chandelles allumées qu'on place autour de la niche. On s'y rend le matin vers cinq ou six heures, et chaque pélerin éclaire ses pas avec la lumière d'une lanterne qu'il tient à la main. Au temps où ce pélerinage était suivi plus qu'il ne l'est maintenant, l'étranger qui, par hasard, se fût trouvé dans le chemin de Vermand, au milieu des bois, eût assurément été saisi d'une vague terreur en voyant ces clartés errantes scintiller à travers les branches dépouillées de leurs feuilles. Peut-être eût-il cru voir, retournant à leur grotte souterraine, ces esprits nocturnes que les habitants de nos campagnes désignent sous le nom de *furolles* et auxquels ils attribuent des vertus malfaisantes.

La Fontaine Saint-Quentin n'a pas encore perdu son antique renommée. Le jour de l'Ascension, une foule nombreuse se presse en cet endroit; des Sociétés musicales de Saint-Quentin et des communes environnantes s'y réunissent ce jour-là et font retentir l'écho de la forêt de leurs sonores et harmonieux accents. Les habitants des villages voisins y viennent encore prier à certains jours de l'année et en diverses circonstances de la vie. La mère y vient prier pour son enfant malade; la sœur y prie pour son frère, et le frère pour la sœur; tous viennent invoquer le Saint lorsque quelque malheur les menacent. On promet d'y faire brûler un cierge et de déposer une offrande dans le tronc, et l'on tient fidèlement sa promesse. On vient puiser de l'eau à la fosse pour guérir les maux d'yeux, l'enflure, le mal de gorge, etc. Le dimanche on vient s'y reposer des fatigues de la semaine; les jeunes filles y viennent en chantant des cantiques ou quelque romance champêtre, et souvent leur voix se mêle à la chanson du rossignol et aux roucoulements plaintifs de la tourterelle; la mère y conduit ses enfants; le vieillard y dépose pour un instant le fardeau de ses années : tous viennent s'asseoir sous le tilleul séculaire qui l'ombrage de ses larges et verdoyants rameaux. Avant de retourner au village, chacun fait sa prière et plante une petite croix de bois auprès de la niche ou autour de la fosse. Au retour du printemps, Saint-Quentin envoie aussi, en cet endroit, son contingent de promeneurs et de promeneuses. De jeunes dames, élégamment parées, se font conduire en voiture jusqu'à l'entrée du bois, et vont ensuite s'agenouiller pieusement devant la niche.

De tout ce que nous venons de dire, il faut conclure que la Fontaine Saint-Quentin est non-seulement un lieu de dévotion et de promenade, mais qu'elle rappelle aussi les plus lointains souvenirs, et qu'un caractère historique important se rattache à ce lieu si modeste et si pauvre. A ces titres, elle nous paraît devoir exciter l'intérêt de tous.

Mais la niche et la statue qui se trouvent à cette Fontaine ne sont pas dignes de la vénération dont ele est l'objet, ni des souvenirs qu'elle rappelle. Des réclamations se sont élevées plusieurs fois à ce sujet. Aujourd'hui, nous sommes heureux d'annoncer que des personnes d'Holnon se proposent de donner à ce lieu un aspect moins agreste, et d'y faire élever une chapelle ou un monument commémoratif. Pour cela, elles ont besoin du concours de tous ceux qui, à un titre quelconque, s'intéressent à cette Fontaine.

Conservons le culte des souvenirs, respectons les simples et naïves croyances des habitants de nos campagnes, car si nous détruisons quelque chose de leur foi, nous porterons le désenchantement dans leur cœur, et ce sera un mal. N'oublions pas que la foi console et fait espérer, et que le doute tue !

*St-Quentin.* — Imp. HOURDEQUIN et THIROUX, r. du Palais-de-Justice, 28.